句集

青林檎

Aoringo

Nakamura Rumi

中村瑠実

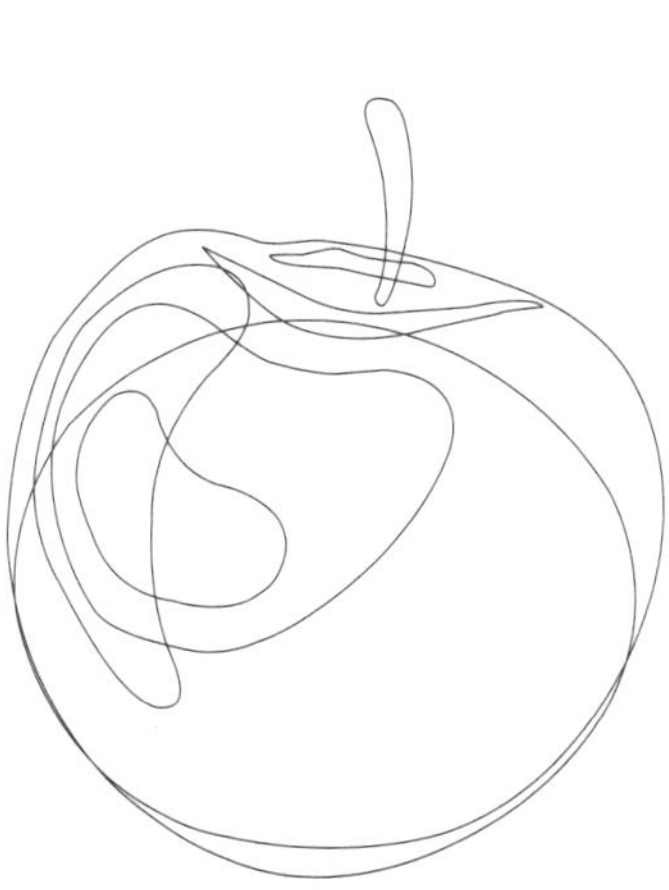

東京四季出版

序

中村瑠実さんは西宮市の生まれ。ご主人の仕事の関係上四国の徳島に移られてから俳句を始めました。二〇一七年にアンソロジーを出版した事がありますが、単独で出した句集としては、これが最初、だから第一句集と申せましょう。

俳句の世界に足を踏み入れた平成十三年以後令和三年まで、およそ二十年間の句をまとめたのが本句集です。

瑠実さんが俳句をはじめるきっかけは御夫君の仕事の関係上徳島県の南にある阿南市に住まわれて、そこで「ひまわり俳句会」とのご縁ができてからだそうです。初心のころにも幾たびか、阿南市の句会でお目にかかっていたことはあるのですが、十年ほど前に徳島南部の阿南市から、徳島市内に転居されたころから、お目にかかる機会も増え、とても優しく印象深い俳句を作る人だと注目するようになりました。旅行が大好きで、海外にもよく出かけておられたのですが、体調を崩されたこともあって、身近な周囲の景を句材に、句作することが多くなったようです。その前後から瑠実さんの句は大きく変わった感じがいたします。

通読して感じることは、いつも読む人を優しく、しかもあたたかな眼差しで包み込むような趣が漂っていることです。それはきっと作者の性格から出ているものに違いありません。

阿南市は温暖で、徳島が「南国とくしま」と呼ばれるとすると、この阿南市から南がふさわしいと思います。現在はＬＥＤの日亜化学工業の存在地として知られる工業の街になっていますが、基本的には、そのあたりは徳島の穀倉地帯です。また昔から阿波水軍が根拠地としていた椿泊という漁村があるなど海辺の景観にも恵まれたところです。

南国らしく四月にはもう田植えが終わっています。桜の花が散る頃には、もう田に水を張ります。水音が田と田をつなぐように在所一体が美しい水田の景に変貌し在所全体が明るい一体感のようなものに包み込まれるのはこの頃です。初期の作品で、すでに、ふわりとした包み込むような世界を醸し出しはじめているようです。

都会的な感覚の句はやはり西宮生まれのせいでしょうか。

サンドイッチのトマト落としてしまいけり

春疾風コートの裏の萌黄色

コートの裏地の色に目を留めています。なかなか、おしゃれで、その感覚も都会的センスではないのでしょうか。さしずめ江戸時代の裏地に凝るという、粋な人のセンスなのかも知れません。サンドイッチも、もしかしたら、神戸っ子よろしく、トーアロードを食べながら歩いていたのかも知れません。そういうスタイルが似合う方です。

踊り子の化粧をなおす桟敷裏
春風を通り抜けたる提灯屋

これは阿波踊りに町が賑わっているときの景でしょう。しっかりと景を見つめる眼とやわらかい情趣の世界が特徴です。
小さいモノの存在に優しい眼をむけているのも瑠実さんの俳句世界の特徴です。生きものであれ、潮の泡や窓を伝う雫のようなモノの世界であれ、慈愛に満ちた眼で眺めているので生まれてきた句だと思います。

浜昼顔海に戻れぬ潮の泡
風花や迷子をあやすガードマン
青蛙跳んで踏切渡りきる
硝子戸に貼るハンカチの雫ほろ
草むらから用水路へと蛇逃げる

一方、独自のユーモアを醸し出すのも瑠実さんの俳句世界の特徴だと思います。特に近年その趣の句が増えてきたようです。

ひょいと来てひょいと大根抜く男

いかにも、飄々とした雰囲気が漂っています。その男の姿に想像力を掻き立てられる句です。

朧夜のきつねうどんとたぬきそば

魑魅魍魎や狐狸の類も瑠実さんの俳句世界では朧夜に優しく現れる。そんなことを想像しながら、注文が出来上がるのを待っているのでしょうか。

鯛焼はどこを食べてもほっこりと

鯛焼きは句材としても人気があります。でもほっこりという表現はなかなか使われないような気がします。やはり柔らかく優しい情趣が醸されています。

焼芋のぽんと半分恋心

なんと楽しい句でしょう。ぽんと半分という表現、下五に恋心を配したこと、思わず読むものも相好をくずします。
徳島市に移ってからの瑠実さんは俳句教室に通うなどして勉強し俳句の視野を広げていきます。句材も広がってゆくのが顕著になってきます。

星涼し地球飛び立つ宇宙船

夏の宵、縁側であるいは窓辺で星を見ながらの空想でしょうか。実際に宇宙ステーションが光って空を過ぎるのを観ていたのではないでしょうか。たしか教室で宇宙ステーションを観る方法を、皆さんに話したことがあるので、瑠実さんは早速眺めたのでしょう。現代は夢が現実とないまぜになるような時代だと感じているのでしょう。

　ふらここの太郎と次郎宙にあり

小さな兄弟がぶらんこで遊んでいるのを観て自分の心も宙に舞っているように感じたのかも知れません。一瞬の無重力状態を想像したのでしょう。

　きつねうどんに葱たっぷりと挫けるな

命令形が使われています。「挫けるな」と叱咤しているのも、されているも誰だかわかりません。もしかしたら自分に対しての激励かも知れません。きつねうどんにきざみ葱をたくさんのせて、なかなか絵になる景ではないでしょうか。

春寒し三半規管尖りおり

はっとする身体の感覚を詠う句もこの頃の句です。三半規管の存在を感じる、といわれてもなかなか分かりませんが、細やかな神経の持ち主にはそれが可能なのかも知れません。通常三半規管の存在は自覚しようがありませんが、目眩などの原因になることは知識として持ってはいます。でも三半規管が尖っているという感じはたいていの人には経験が有りません、何かしら鋭敏な神経の動きを感じます。

夏の夜やピアノは骨の軋む音

このごろ瑠実さんは意識を自分の内側に向ける時間が増えたのかも知れません。いずれにしても読む人の脳に、ぐさっと刺さるような句が増えました。もともと瑠実さんの句は切れ字の「や」をあまり用いないのですが、この句は「夏の夜や」という季語に常ならぬ雰囲気を与えています。

上記の二句は少し鋭い身体というより神経的感覚の句ですが、瑠実さんの句は全体的に優しさを情趣としているのは今まで述べたとおりです。それは、「や」のような切れ字を使う頻度が少ないことが柔らかい雰囲気を作っていると思います。またそれと同時に下五の体言止めも多く、通常強い切れ的感覚を生じるはずですが、それでも柔らかくやさしい雰囲気を醸し出しているのは、優しさを醸し出す言葉を選ぶ眼が備わっているというより、作者自身の心の優しさによるものと思われます。

加えて最近の句には日常の景に存在する瞬間の美しさや、気づかずに見落とすような句材が多く見受けられ、それがますます平明に詠われていることは、瑠実さんの俳句世界の情趣に磨きをかけるものになっています。

水羊羹小皿に移すとき光る

エコバッグ倒れ飛び出す青林檎

シーソーの片方に猫十三夜

水桶にラムネの瓶の立っており

一輌車の空席に置く茄子と瓜

これらの句は日常生活の中の景を平明に切り取り写した句です。そして余計な情をそぎ落としてモノそのものに語らせる、俳句本来の「非情」ともいえる句です。作者が思いを伝えるのではなく、読者が句を読むことによって日常生活の景の中に新鮮な抒情を見いだす、それが本来の俳句のあり方であるとすれば、瑠実さんの俳句は、その方向にやさしく慈愛にみちた光を投げかけています。眼を少し転じれば、世の中は苦しみや憎しみが満ち溢れています。人間の精神に根本でもっとも必要なのは慈愛の光かも知れません。瑠実さんのこれからの作品が楽しみです。

（COVID—19三年目、ロシアのウクライナ侵攻三ヶ月目に）

西池冬扇

目次

装幀　渡波院さつき

句集　青林檎

あおりんご

花筏

平成十三年〜平成二十四年

手の甲に試し紅ひく浅き春

布巾縫うだけの主婦なり針供養

ミシン糸転がる先の春日影

欠伸して列車待つ子や花のころ

水音の田と田をつなぐ花筏
桜東風ゆるりと曲る教習車

春動く退屈猫の大欠伸

線香の煙ほどけて桜餅

白魚の椀は狭しと泳ぎおり

明け方の畦に並びし早苗箱

弾き手なきハープ片隅花杏

春疾風コートの裏の萌黄色

読みかけの詩集窓には春の雨

讃岐路の青麦の風やわらかく

裁ち鋏衣すべりゆく立夏かな

日に干せばあてなく歩く米の虫

燕の子向きを変えては糞落す

若葉風校舎只今授業中

声高の青年僧や夕牡丹

防具脱ぎ少年剣士麦茶乾す

ソーダー水街行く人の見える席

パンフレットに挟む半券走り梅雨

ワイシャツのうす糊の香や梅雨の入り

路地奥の芭蕉稲荷や梅雨の蝶

跡継ぎの僧はスイマー雲の峰

浜昼顔海に戻れぬ潮の泡

思いのほか小さき墓やほととぎす

土管より猫の顔出す青嵐

滝の見える小さき宿に小さき犬

沖はまだ暮れてはおらず夕端居

蹴り返すボールの外れ雲の峰

脱ぐシャツの中で笑う子夏の空

蝸牛無地のノートの一枚目

穴を掘る又掘る犬の炎天下

踊り子の化粧をなおす桟敷裏

轟然と特急通過鰯雲

新涼や鉄道員の挙手の礼

脱皮したばかりの蟹や海は秋

桐一葉はらりと犬の命尽く

蒼空へ千枚棚田の曼珠沙華

発車ベルひびくホームの走り蕎麦

茸汁午後から雨の降りそうに

蓑虫やポストの口がなにかいう

九回の裏の攻撃いわし雲

今朝の冬エプロンの紐きゅっと締め
消火器の交換通知冬に入る

小春風駅に点字の運賃表

しぐるるや道頓堀の大看板

丹念に指の体操十二月

真白な敷布を干して山眠る

風が消すライターの火の冴える夜

黒々と水牛の影冬耕す

冬苔の石一基建つ道標

七人の童地蔵に雪の服

一輪車立てかけてあり雪間草

粉末のコーヒーこぼし寒昴

初雪の一尺余り小糸村

深雪晴れ越中富山の絵看板

牛鍋の煮つまり宴のお開きに

バスの中笑い転げて福詣

友五人ゆるり過ごさん女正月

風花や迷子をあやすガードマン

表札のローマ字に変え春を待つ

櫟の実

平成二十五年〜平成二十七年

式服の絹ひんやりと冴え返る

廃材の隙間に淡き犬ふぐり

水温む濠の真中の岩に亀

銀色のブーツの少女雪解道

箒持つお地蔵さんや伊那の春

ずっしりと荷台溢れる若布売

春寒しぎしぎし軋む駅の椅子

春風を通り抜けたる提灯屋

花菜風送迎バスの停車中

のどけしや麒麟の高き餌の籠

黄砂飛ぶハードル競技真っ最中

子犬らの重なり眠る春の月

春の蚊を打ちつつ列車待つ夕べ

花の雨湿りをふくむ封書受け

桜咲く昨日と違う帰り道

木綿屋の端切れ選びし夏隣

突堤は戻るほかなし朧月

テトラポッドに消えぬ波あり四月尽

郵便夫の下乗橋過ぐ松の芯

夏きざす百間廊下抜ける風

緑蔭に色鉛筆の落し物

手拭を顔に男の三尺寝

レシートのうっすら湿る初鰹

藍浴衣指貫で押す木綿針

約束に少し遅れて黒ビール

トロ箱を逃げ出す蛸の伸び縮み

雲の峰ホームベースの土煙

滝しぶき避けて渡りぬ猿の群

遠雷や硝子細工の鶴の首

夏ばてにザクザク切りの鱧の皮

みなどこか歪む胡瓜を買いにけり

棟梁の首に黄色の汗タオル

時計台の背を這い上る瑠璃蜥蜴

青蛙跳んで踏切渡りきる

磯蟹のくだけし殻を背負い来る

西日受け赤いポストのなお赤く

白粥に青菜放ちて今朝の秋

売り出しのチラシを広げ桃を剝く

百畳の片隅に坐し盆の月

読み返すピーターパンや小望月

星の飛ぶ湾を出てゆくクルーザー

秋霜や硬貨数える運転手

パスタ屋の前にコロコロ櫟の実
実柘榴の背中合わせに裂けており

空き探すコインロッカー秋黴雨

月やさし鴉ねぐらに寝静まる

訳ありの冬の林檎の芯の蜜

冬晴れのきょうは五千歩本屋まで

緑色の手押しポンプに冬の蜂

昇降機のカトレア運ぶ女の子

ひょいと来てひょいと大根抜く男

休日の土産物屋のしずり雪

大仏の螺髪の塵も年の暮

自転車に空気を入れるラガーマン

黒猫の駆け出す畦や漱石忌

焙じ茶の太き茶柱餅こがす

首里城の大屋根小屋根初雀

マングローブに分け入るカヌー初景色

修理工場鉄粉飛ばす初仕事

草の花

平成二十八年〜平成三十一年

浜風の砂にまぎれし蜆蝶

雨粒の光の中に犬ふぐり

浅き春フォークをすべるナポリタン

下萌に背番号一跳ねており

ふらここの太郎と次郎宙にあり

重なりて重なる子猫熟睡どき

春の泥深く抉れしスタートライン

啓蟄のポストに新書届きおり

そら豆の花のまぶしき昼下がり

雀の子配電盤の箱の上

風光るカヤック旗門振り切りぬ

初音きく山の奥にも山のあり

朧夜のきつねうどんとたぬきそば

折紙の飛行機春を滑空す

春田風水中の亀目を開く

灯台の色褪せ椿吹き溜り

駅員の箒の先の花の屑

夏近し小貝を探す色の浜

浜砂のしぶきも浴びて潮干籠
濠の水直角に折れ夏兆す

清水の舞台の下に夏うぐいす

貼り紙の「掛け継ぎします」燕の子

ゼロ番線ホームを抜ける風五月

パン浸すオリーブオイル若葉冷

鉄路より草起き上がる夏の月

暑き夜の小瓶の底の化粧水

雨太し葉裏に潜む袋蜘蛛

梅雨の闇納戸に未知の段ボール

紫陽花や縦樋の水吐きつづけ

ナフキンの折り目涼しきロゼワイン

背の切れし辞典繕う梅雨籠

ゴミ箱に魂ぬけた梅雨の傘

星涼し地球飛び立つ宇宙船

サンドイッチのトマト落としてしまいけり

朝涼し緑の輪ゴム本に掛け
夏の月窓一つずつ開けてゆく

硝子戸に貼るハンカチの雫ほろ
動くネオン動かぬネオン風死せり

数独の枡の空白黒ビール

突堤に人声はずみ小鯵釣り

郭公の初音や荷物持ち直す

瑠璃鳴いて八方の山晴れ渡る

白シャツを蒸気アイロンひと滑り

雨蛙追うてよちよち歩きの子

蟬の殼手の平に乗せ列車待つ

遠雷やダイヤ乱れし通勤車

チョーク跡のこる黒板夏休み

丁寧にもやしの根切り夏の夕

一籠の小茄子長茄子光り合う

位置に付く短距離走者雲の峰

夕闇に佇んでいる泡立草

右へ右へ傾く文字よ蚯蚓鳴く

つくつくし昼の屋台は縄で閉ず

拡声器に試すひと声秋祭

野分立つレトルトカレー四角形

秋ともしカップに注ぐカモミール

休憩はいつもこの石草の花
軽トラの荷台の林檎転げ落ち

ふつふつと秋刀魚を焦がす午後の五時
栗飯は腹八分と決めており

防災の機具の点検冬立つ日

暮れ際の土手登りくる鴨の声

駅長の右手で払う雪婆

日を返す白き敷布や小春風

朝市の値引ひと声冬港

横丁の中ほどにあり焼芋屋

折り返す列車に冬日落ちかかり

葉野菜のしまりしころか霜の声

山眠る百舌鳥の古墳も眠りおり

あたらしき虚空を登る鷹一羽

箸置に鶴の折り紙お元日

雨樋は雀のお宿初日差す

奉納の太鼓のひびく御正月

太平洋ひとつ挟んで初便

大寒の秤の竿の戻る音

涅槃西風

令和元年～令和三年

土手滑る子は春風を握りしめ

下萌や歩き始めし子の真顔

春寒し三半規管尖りおり

上階も引越しらしき春動く

筆の癖直し試すや春灯

春の波おずおず首を伸ばす亀

バインダーのバネの強さや猫の恋

飯蛸の煮汁も分ける皿二つ

柳の芽神父ゆっくり水またぐ

きのうより背の伸びており筆の花

昼ごろと思って土手の土筆摘む

涅槃西風手足を仕舞う池の亀

くもりのち雨の一日初燕

三月の十一日に鳥帰る

宅配の小箱の中のスイートピー
持ち上げる仔犬だらりと花薺

布靴の子の二歩三歩春の芝

雨傘のひだに巻かれし桜蕊

ショートケーキ平らに提げて花菜風

春光や大根おろしのうすみどり

真つ直ぐに潮風を入れ白子干し

春の海漁船めがけて鷗翔つ

鳥曇り鉄路混み合う操車場

まんまんの水路は西へ初桜

春の月胡弓奏でる玉三郎

ペンギンの素早く泳ぐ春の水

休眠のボートにペンキ夏近し

ホイッスルに櫂をそろえて浅き夏

きらきらと胸のイニシャル更衣

麦の秋各駅ごとに車掌降り

水桶にラムネの瓶の立っており

逃げ足の早き真蛸をわし摑み

乗船の専用通路薄暑光

汗の顔して端正なギタリスト

アガパンサス農婦呼ばれて背より立つ

どくだみの白の溢れて行き止り

遠雷やスパイス効かすカレー鍋

雲の峰村に一つの信号機

草むから用水路へと蛇逃げる

善哉に塩吹昆布と五月雨と

明け方の夢の行方や茗荷汁

雨上りすぐにトマトの収穫期

一輛車の空席に置く茄子と瓜
打ち水の広がっている生きており

雨音のしだいに激し太鼓蜘蛛

手の平の生命線をてんと虫

なめくじり伊勢は遠しと進みおり

列車くる尺取虫が靴の上

七月の雨粒太し蝶の翅

一本のひまわり揺れて雨兆す

足元に気をつけろよと蔓

水羊羹小皿に移すとき光る

大蟻の銜え直して小蟻ひく

エコバッグ倒れ飛び出す青林檎

夏の夜やピアノは骨の軋む音

表具屋の裏口開けて風入れる

待避線の軌道車二輛みて晩夏

ブルーチーズ舌に溶け行く夏の果て

屋根よりも高く高くと夜這星

秋暑し橋のまなかのまっぴるま

残り蚊を哀れと見ればさされおり

仏前に好物ばかり苧殻箸

秋初め背なかに当る聴診器

狗尾草小石混りの曲り角

秋茄子を沈めて水を豊かにす

爽やかに旗屋の主人戸を磨く

空腹をみたす餡麵麭長き夜

金木犀半ばこぼして垣の裾

星流る音なき街の午前四時

刈田道雲は高きを流れおり

シーソーの片方に猫十三夜

乱菊を支える紐のゆるみけり

吊し柿雲ふわふわと生まれけり

洗面の水つたう肘そぞろ寒

今朝の冬そろそろ箒替えるころ
塾生の駆け込む時刻夕しぐれ

短日の壁職人の泥脚立

乗換えの四番ホーム冬ざるる

着ぶくれて躓き転ぶ神の庭

演奏会開演前の咳一つ

鯛焼はどこを食べてもほつこりと
此のあたり記憶あやしき枯葎

山門は黒くて大きい冬紅葉

ただよって吹かれても寄る大綿虫

綿虫が綿虫を追う河川敷

凍雲を砕きて入日さしこみぬ

解体の鉄球どんと日の短

毛糸編む深爪の指かばいつつ

寒灯に読むホームズの謎解きを
焼芋のぽんと半分恋心

石段の影のぎざぎざ冬の蝶

埋火のごと気になることのひとつあり

雪掻きの人を横目に救急車

きつねうどんに葱たっぷりと挫けるな

校庭の立ち遅れたる凍雀

早口の列車案内寒戻る

句集　青林檎　畢

あとがき

平成十三年に「ひまわり俳句会」に入会してから、二十年の歳月が経ちました。

初め、俳句はむずかしく堅苦しいと思い、先輩達のひまわり俳句会へのお誘いに決心がつきませんでしたが、「ひまわり」誌の信条『やさしい庶民の詩である』という言葉に、何か新しく始める最後の機会と思い、入会させていただきました。

振り返りますと、はずかしい事ばかりでした。読めぬ文字、むずかしい言葉に戸惑うことも多々ありましたが、病をくり返す中、無意識に言葉の数を指が数えていました。今ではもう私の生活の一部となっています。

このごろ、歳時記を開くたび知らない季語に出会い、季語を知らぬ時より自然をよく観察するようになり、世の中の見方も変わってきました。晩学でありましたが、西池冬扇、みどり両先生より、根気強いご指導を受けてこられた事は幸せと思っております。

　このたびの句集出版にあたり西池冬扇会長には、ご多忙の中、選句および心のこもった序文を賜りましたこと、厚く御礼申し上げます。

　平岡宮子さんには、パソコンの打ち込みに心よく協力していただき感謝にたえません。

　先輩の方々や句友の励ましは心強く、座の文芸の中で学ぶうれしさを感じています。

「俳句四季」の東京四季出版社の皆さまにはお世話になり、心より感謝申し上げます。

令和四年夏日

中村瑠実

著者略歴

中村瑠実（なかむら・るみ）本名：照美（てるみ）

2001年　「ひまわり俳句会」入会（高井去私に師事）
2008年　「ひまわり」同人（西池みどりに師事）
2008年　ひまわり課題句賞受賞
2017年　「準ひまわり賞」受賞
2021年　「ひまわり」幹部同人（西池冬扇に師事）

著　書　ひまわり合同句集「万緑」「踊」「桐の実」「宙」「途」
　　　　アンソロジー合同句集「俳句の杜」

公益社団法人俳人協会会員

現住所　〒770-0011 徳島市北佐古一番町 3-30-803

シリーズ 綵 17

句集 青林檎　あおりんご

二〇二二年九月二十三日　第一刷発行

著　者●中村瑠実
発行人●西井洋子
発行所●株式会社東京四季出版
〒189-0013 東京都東村山市栄町二―二二―二八
電　話　〇四二―三九九―二一八〇
ＦＡＸ　〇四二―三九九―二一八一
shikibook@tokyoshiki.co.jp
https://tokyoshiki.co.jp/

印刷・製本●株式会社シナノ
定価はカバーに表示してあります。

ISBN978-4-8129-1063-4